Palabras que debemos aprender antes de leer

alrededor

arregladas

blanda

desparramaron

dura

grande

invitada

mediano

pequeño

perfecta

www.rourkeeducationalmedia.com

Edición: Luana K. Mitten
Ilustración: Robin Koontz
Composición y dirección de arte: Renee Brady
Traducción: Yanitzia Canetti
Adaptación, edición y producción de la versión en español de Cambridge BrickHouse, Inc.

Library of Congress Cataloging-in-Publication Data

Koontz, Robin
 La patita dorada y los tres castores / Robin Koontz.
    p. cm. -- (Little Birdie Books)
ISBN 978-1-61810-533-2 (soft cover - Spanish)
ISBN 978-1-63430-328-6 (hard cover - Spanish)
ISBN 978-1-62169-027-6 (e-Book - Spanish)
ISBN 978-1-61236-014-0 (soft cover - English)
ISBN 978-1-61741-810-5 (hard cover - English)
ISBN 978-1-61236-726-2 (e-Book - English)
Library of Congress Control Number: 2015944640

*Scan for Related Titles
and Teacher Resources*

Also Available as:

Rourke Educational Media
Printed in the United States of America,
North Mankato, Minnesota

Rourke
Educational Media

rourkeeducationalmedia.com

customerservice@rourkeeducationalmedia.com • PO Box 643328 Vero Beach, Florida 32964

La patita Dorada

y los

tres castores

Escrito e ilustrado por

Robin Koontz

La patita Dorada vivía cerca de un gran estanque. Un día, Dorada vio una pila de ramitas en el estanque. "¿Quién vivirá ahí?", se preguntó.

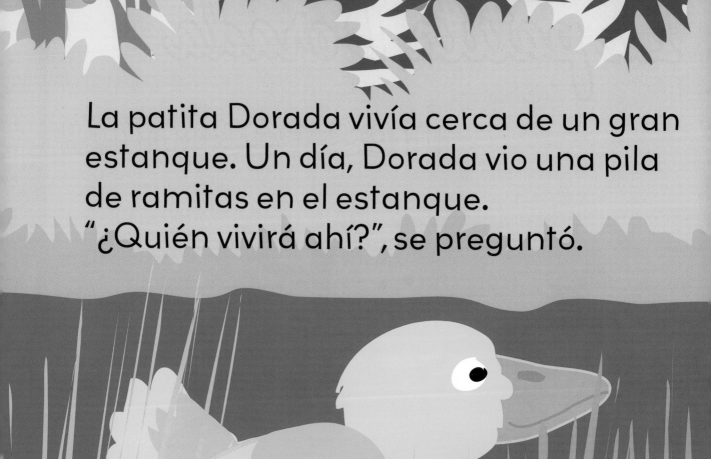

Dorada nadó hacia la pila de ramitas. Pero no encontraba la forma de entrar. Entonces se sumergió bajo el agua.

Ella encontró un agujero en la pila y se metió por allí.

7

La patita Dorada nadó y nadó hacia arriba hasta que sacó la cabeza del agua, ¡pero dentro de la pila de ramitas!

Dorada miró a su alrededor.
Había tres camas bien
arregladas y hechas de
hojas.

9

Ella saltó sobre la primera cama. ¡Plaf! Fue a dar con fuerza contra el suelo de tierra.

—¡Esta cama está
demasiado dura!—dijo la
patita Dorada.

Ella saltó sobre la segunda cama. ¡Puaf! Las hojas se desparramaron por todas partes.

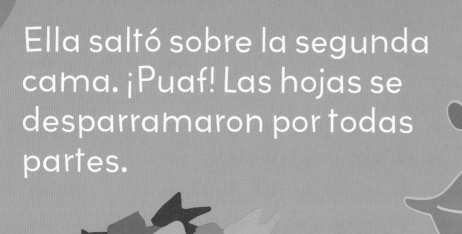

—Esta cama está demasiado blanda —dijo Dorada.

Ella saltó sobre la última cama.
—¡Vaya! —dijo Dorada—. ¡Esta
cama está perfecta!

En ese momento, tres castores entraron de repente en la habitación. Dorada se escondió entre las hojas.

15

—¡Caramba! —dijo el castor más grande—. ¡Alguien desarregló mi cama!

—¡Caramba! —dijo el castor mediano—. Alguien desarregló mi cama también!

—¡Anjá! —dijo el castor más pequeño—. ¡Aquí está!

De un salto, Dorada salió de entre las hojas. ¡Plaf! Se sumergió en el agujero.

Patita Dorada regresó
nadando a casa.
—No debo meterme
donde no me
invitan —dijo
Patita.

Desde entonces, la patita Dorada no se mete en ninguna casa sin ser invitada.

Actividades después de la lectura

El cuento y tú...

¿Qué personaje fue a explorar a una casa ajena?

¿Qué ocurrió dentro de esa casa?

¿Qué lección aprendió la patita Dorada?

Palabras que aprendiste...

Escribe las siguientes palabras en una hoja de papel. Subraya las palabras que describen algo. Usa tres de estas palabras para describir algo que conozcas.

alrededor	grande
arregladas	invitada
blanda	mediano
desparramaron	pequeño
dura	perfecta

Podrías... escribir tu propia versión de La patita Dorada y los tres castores.

- ¿Cuál será el escenario o lugar donde ocurrirá tu historia?

- ¿Quiénes serán los personajes principales de tu cuento?

- ¿Qué ocurrirá en tu cuento?

- ¿Cómo será el final de tu cuento?

- Cuando hayas terminado de escribir tu propia versión del cuento, compártela con familiares y amigos.

Acerca de la autora e ilustradora

A Robin Koontz le encanta escribir e ilustrar cuentos que hagan reír a los niños. Ella vive con su esposo y varios animales en las montañas de Coast Range, en el oeste de Oregón. Ella comparte su oficina con Jeep, su perro, quien le da gran parte de las ideas para escribir.